U0319512

佩罗童话

典藏版

〔法〕夏尔·佩罗（Charles Perrault） 著
〔法〕古斯塔夫·多雷（Gustave Doré） 图
陆 远 译

 化学工业出版社

·北京·

图书在版编目（CIP）数据

佩罗童话：典藏版 ／（法）夏尔·佩罗著；（法）
古斯塔夫·多雷图；陆远译. -- 北京：化学工业出版
社，2024. 9. -- ISBN 978-7-122-45837-7

Ⅰ. I565.88

中国国家版本馆CIP数据核字第2024NM0130号

责任编辑：刘晓婷　　　　　　　　　　责任校对：李露洁

出版发行：化学工业出版社（北京市东城区青年湖南街13号　邮政编码100011）
印　　装：北京新华印刷有限公司
880mm×1230mm　1/32　印张3　字数75千字　2025年1月北京第1版第1次印刷
购书咨询：010-64518888　　　　　售后服务：010-64518899
网　　址：http://www.cip.com.cn
凡购买本书，如有缺损质量问题，本社销售中心负责调换。

定　　价：29.00元　　　　　　　　　　版权所有　违者必究

目 录

致小姐

小姐，

一个孩子喜欢创作这本集子里的故事，这本不算稀奇，而他竟有勇气把这些故事呈给您看，这确实令人惊讶了。小姐，尽管这些故事所展现的孩童式的单纯，与您身上由天性与教化所散发出的灿烂光辉相比，显得格格不入，但这或许并不应该成为我受到指责的理由。

首先，如果我们深入思考，这些故事几乎总是在教育人们一个明智的道理。每位读者的理解力不同，因此所领悟的层面也不一样。但无论如何，我们都能发现，那种既能攀登凌云的高峰，又能俯瞰尘埃的精神境界，无疑是最博大的。

其次，这些故事也的确生动地描绘了普通家庭中，每个人身上发生的故事。这些家庭渴望教育好孩子，这本是值得赞赏的，然而，他们有时会编出一些缺乏逻辑的故事来满足孩子们的好奇心，导致孩子们无法完全理解其中的深意。又有谁能比天降伟人更适合来指导我们如何为人处世呢？正是对这一种指导的渴望，驱使着故事中的主人公，也驱使着你们心中的英雄去攀登高峰，去探访陋室，去亲身感受那些他们认为一位明君应该学习的完美教导，不论这些教导是什么，小姐，他们都愿意去探寻。

除此之外，我深信自己有更好的方法，让故事中的不可思议，变得触手可及。毕竟，过去的仙女赐予年轻生命的祝福，从未比天性自然所赋予的更多。对于您，我满怀敬意。

小姐
来自亲王殿下。

您谦恭的仆人
L.P.

沉睡森林里的美人

从前，有个国王和王后，他们一直渴望着拥有自己的孩子，但长久以来都未能如愿，为此心中充满了无尽的忧虑和哀愁。他们尝试了一切办法要孩子，无论是许愿、朝圣，还是祈祷，样样都试过，样样都没有成效。然而，就在他们几乎要放弃希望之际，王后终于怀孕了，并生下了一个美丽的女孩。为了庆祝这个喜讯，国王和王后决定为公主举行一场盛大的洗礼仪式，并邀请了全国的仙女（一共找到了七位）作为公主的教母。按照当时的风俗，每一位仙女都要在仪式上为公主赐福，赐予她无尽的智慧与美德。

洗礼仪式结束后，众人便来到王宫，参加为仙女们准备的盛大宴会。宴席上，每位仙女面前都摆放着一套精美的餐具——实心的黄金盒子里放着一柄汤匙、一套刀叉，都是纯金打造，镶嵌着璀璨的钻石和红宝石。所有人都已就座，一位不速之客突然闯入宴会厅。原来是一位年老的仙女，她因长时间把自己封闭在一座塔里面，未曾受到邀请。国王虽然立刻命人给她加了一套餐具，但因为没有多余的实心黄金盒子，只得用普通的盒子代替。老仙女觉得自己受到了冷落和侮辱，心中愤懑不已，开始嘟嘟囔囔地诅咒公主。坐在她身边的一位年轻的仙女，恰好听到了她的诅咒，心中暗自担忧她可能会给小公主带来不幸。于是，这位年轻的仙女决定在宴会结束后偷偷躲在挂毯后面，等待最后一个给公主赐福的机会。这样就算老

4

仙女诅咒了公主，她也尽力帮忙缓解。

随着宴会的进行，各位仙女开始依次为公主赐福。最年轻的仙女祝福公主的美貌举世无双，接下来的仙女祝福公主拥有天使般善良的心肠，第三位祝福公主无论做什么都优雅可爱，第四位祝福公主舞姿动人，第五位祝福公主拥有夜莺般的歌喉，第六位祝福公主学习各类乐器都能一点就通。然而，当轮到那位年老的仙女为公主赐福时，她怒不可遏，摇头晃脑走向前，恶狠狠地诅咒公主会因手被纺锤刺破而死。

这可怕的诅咒吓得在场所有人都惊恐万分，纷纷掩面而泣。就在这时，那位年轻的仙女从挂毯后走了出来，她高声劝慰道："国王、王后，请不要担心，你们的女儿不会死。虽然我的力量还不足以与我的前辈抗衡，但是公主不会被纺锤刺死。她只会因此陷入沉睡，直到

一百年后，有一位勇敢的王子前来将她唤醒。"

国王为了避免女儿遭遇那老仙女预言中可怕的命运，立即下令全国禁止纺线，任何人不得使用甚至持有纺锤，违令者将受到严厉的惩罚。然而，命运的齿轮总是充满了意外。

十几年过去了，国王和王后决定去乡间别墅游玩，而公主则留在城堡中，由侍女陪伴。一天，小公主在城堡里四处闲逛，从一间屋子跑到另一间，不知不觉就到了城堡高塔的塔顶。在塔顶的一间陋室里，她遇到了一位正在纺线的老妇人。这位老妇人似乎对国王的禁令全无耳闻，只是专心地纺着线。

"老奶奶，您在这里做什么呢？"小公主好奇地问道。

"我的孩子，我在纺线呢。"这位陌生的老妇人回答。

"呀！这可真漂亮！"公主赞叹道，"线是怎么纺的呢？您能不能把它给我，让我也试试，看看能不能纺得和您一样好？"

说着，小公主拿起了纺锤，然而她毕竟年轻有活力，又带着些许的冒失。就在她刚拿起纺锤的那一刻，便被纺锤刺破了手指，昏倒在地上，老仙女的诅咒应验了。而那老妇人也吓得惊慌失措，急忙喊人救命。有人拿水泼在公主脸上，有人解开公主的衣带，有人拍打公主的手，有人拿精油擦拭公主的额头。然而，尽管大家尝试了一切办法，小公主依旧没有醒来。

国王在听到动静之后也迅速赶到现场。他想起了年轻仙女的预言，决定接受现实。他将小公主安置在宫中最漂亮的房间里，让她躺在以金银装饰的床上。公主那么美，人人见了都说她是个天使。她虽然已经昏厥，但她的美丽依旧如初，双颊红润，嘴唇仿若红珊瑚。她的眼睛虽然紧闭，但人们还是能听到她轻柔的呼吸声，知道她还活着。国王下令让公主在此休息，等待她被人唤醒的那一刻。

而那位曾经改变公主命运的年轻仙女，此刻正在万里之外的马塔甘王国。她手下的小矮人穿着七里靴（穿上这双靴子，一步就可以跨越七里）在公主晕厥瞬间便通知了她。仙女立刻出发，一小时后就出现在众人面前，她的车由巨龙牵引，气势磅礴。她扶着国王的手下车，对国王的安排表示赞同。不过，她还是非常有预见性地想到，公主醒来若是孤零零一个人在城堡里定会很不方便，于是便用她的法杖轻轻一点，城堡中的所有人，包括管家、陪同侍女、贴身女仆、宫内侍从、事务官、厨房总管、厨师、童仆、守卫等，都陷入了沉睡。她还用法杖点

了点马厩里的马匹、马夫、看马厩的大猎狗，以及公主床边那条名叫噗噗的小狗。仙女还用法杖让炙烤着鹧鸪与山鸡的扦子停了下来，火也熄灭了。所有这些工作都在一瞬间完成，仙女们的行动总是如此迅速。所有被仙女法杖点到的都陷入沉睡，并且会和公主同时醒来。这样公主醒来后只要有需要，他们就可以马上为她服务。

国王和王后在吻别了他们亲爱的孩子后，便离开了城堡。城堡外也贴上了告示，禁止任何人靠近。不过这已经没有必要了，因为城堡外迅速长满了茂密的树木，荆棘与松树层层叠叠，无论人还是野兽都不能穿越。这座地处偏僻的城堡，如今便只有高高的塔尖能够为世人所见。这无疑又是仙女的办法，这样一来，公主即便在睡梦中也能够安然无恙了。

一百年后，这个国家已经由另一个家族统治。国王的儿子在一次打猎时来到这片茂密的树林，他好奇地打听这片茂密的树林的来历。每个人都根据自己的听闻给出了不同的答案。有人说这是幽灵居住的城堡，有人说这里是全国女巫们聚集约会的地方。大多数人则声称，这个城堡里住着怪物，只有它才能跨越树林，出去抓小孩。众说纷纭，王子心中充满困惑，也不知道该信谁。此时，一位农夫的话为他揭开了迷雾：

"王子殿下，我曾听父亲说过，大约一百年前，这座城堡中有一位美丽的公主。那位公主美得无与伦比，全世界再找不出第二位！公主就在城堡中沉睡，要睡上一百年，直到她命中注定的王子前来把她唤醒。"

听完农夫的话，年轻的王子心潮澎湃，深

信自己就是终结这场伟大冒险的命定之人。对爱情和荣耀的渴望驱使着他立刻前去一探究竟。当他刚刚步入那片树林，那些高大的树木、荆棘仿佛有了灵性，纷纷为他让路。他坚定地向着道路尽头的城堡走去，却发现他的随从们无法跟上他，他们都被树林拦住了。但是他并没有停下脚步，因为一个陷入爱情的年轻人总是勇往直前。

他走进宽敞的前院，眼前的景象令人毛骨悚然：周围静得可怕，弥漫着死亡的气息，地上似乎横七竖八地躺着人和动物的尸体。不过，他仔细观察了他们长了粉刺的鼻头和红彤彤的脸庞，发现他们不过是都睡着了。他们的酒杯里还留着几滴酒，显然是在饮酒时睡着的。

他穿过铺满大理石的大厅，踏上楼梯，走进警卫室，看到守卫们整齐地列队站着，肩上

扛着枪，鼾声如雷。他穿过一间间房间，里面满是绅士和淑女，他们也都睡着了。有些人站着，有些人坐着。

最后，他来到了一间金碧辉煌的屋子，看到了此生最美的画面：床帏轻垂，床上躺着一位十五六岁的公主。公主浑身上下散发着恍若神明的灿烂光辉，令人心醉神迷。王子浑身颤抖地走近她，双膝跪地，凝视着公主绝美的容颜。而魔法也在此刻突然消失，公主缓缓醒来，温柔地注视着王子，初见时的目光能有多温柔，她的目光就有多温柔。

"是你吗，我的王子？"她轻声说道，"你可让我等了好久。"

她说的话语令王子如痴如醉，她说话的语气更让王子心醉神迷。他的喜悦与感激之情简直无以言表。他说他爱她胜过爱自己。他讲起话来简直没有头绪，口才消失了，只留下了真情实感。他比公主更显得手足无措，这不足为奇，毕竟公主沉睡百年，有足够长的时间来思考要对他说什么。看起来是仙女让公主在百年的沉睡中做了许多美梦，他们一聊便是四个小时，却仍有许多话没有说完。

这时，整个王宫也随着公主的苏醒而焕发生机。每个人都准备各司其职，虽然他们没有甜蜜的恋爱，但也要为生活奔波。公主的陪同女官和其他人一样饥肠辘辘，甚至有些不耐烦地催促公主用餐。王子扶着公主起身，她的穿着华丽而庄重，尽管她衣服上高高竖起的领子让王子想起了他的祖母，但公主的美丽依旧无法掩饰。

他们走进装饰着许多镜子的小客厅用餐。公主的侍从们为他们端上美味佳肴，小提琴与双簧管演奏着早已无人弹奏的古老乐曲，旋律依旧悠扬动听。饭后，神父为他们在城堡的小教堂里举行了隆重的婚礼，陪同女官则为他们放下床帏。只是他们并没有过多的休息，公主并不需要太多的睡眠，王子则心系王宫，天一亮便匆匆回去了。

回到王宫后，王子对国王解释称自己在树林里打猎时迷了路，一个木炭工人请他吃了黑面包和奶酪，并留他在小屋里借宿。国王是个好老人，对儿子的说辞没有丝毫怀疑，然而王子的母亲却心生疑虑。她注意到儿子经常外出打猎，还总能找到借口外宿两三天，因此断定他一定是有了情人。

事实上，王子已经和公主生活了整整两年，并育有两个孩子：大女儿晨曦和小儿子白昼。晨曦的名字象征着清晨的第一缕阳光，而白昼则是因为他比姐姐长得还要漂亮而得名。王后多次劝说王子，要珍惜自己现在的生活，但是王子却不敢轻易向她透露自己的秘密。他深爱着王后，但也害怕她的反应。毕竟王后是个怪物，国王当初娶她完全是为了她的巨额财产。宫中甚至有人传言称王后至今还保留着怪物的本性，每当看到有小孩子经过时，她都得竭尽全力克制自己不去伤害他们。因此，王子选择了沉默，不愿意将秘密告诉王后。

时光荏苒，又过了两年，老国王去世，王子继承了王位。他宣布了自己和公主的婚事，并且举行了一场盛大的庆典，迎接他的王后和两个孩子进入王宫。

不久之后，国王要迎战邻国坎塔拉布特的国王。他让王太后，也就是他的母亲摄政，并且郑重地将他的妻子和孩子托付给了他的母亲。整个夏天，他都将在外征战。然而，他前脚刚走，王太后就把年轻的王后和两个孩子赶到了乡下树林里的一座小房子，以便满足她邪恶的欲望。

几天之后，王太后来到了乡下小屋，对厨房总管说："我想要吃小晨曦的肉。"

"啊！太后……"总管惊愕道。

"我就要吃。"她坚持道，语气如同怪物一般冷酷，"而且我要搭配罗贝尔酱。"

可怜的厨房总管知道他没办法违抗一个怪物的命令，只好拿着刀走进小晨曦的房间。小公主一见到他，便欢快地跑过来扑进他的怀里，搂着他的脖子向他要糖吃。他哭了，手里的刀不觉滑落。他转而走到兽栏里，杀了一头小羊，精心烹制后配上酱汁呈给王太后。那酱汁鲜美无比，王太后说她从未尝过如此美味。随后，厨房总管悄悄将小晨曦带走，交给他的妻子藏在兽栏尽头他们一家住的小屋中。

一周后，邪恶的王太后又对厨房总管说："明天，我想吃小白昼。"

厨房总管没有反驳，决心再次欺骗她。他找到小白昼，小王子三岁了，正拿着一柄小号，跟猴子嬉戏。他同样将小王子交给他的妻子，和小晨曦藏在一起。之后，他杀了一头小山羊呈给王太后享用。太后对菜肴的味道赞不绝口，并未起疑。

平静的日子又持续了一段时间，直到有一天晚上，邪恶的太后再次对厨房总管说：

"我要吃掉王后，酱料要和她的孩子们的一样。"

这次，厨房总管彻底绝望了。他不知道该如何再次欺骗王太后。不算王后沉睡的一百年，她如今已经过了二十岁，尽管她的皮肤依旧白皙美丽，但已不再是柔嫩的少女了。他怎么可能在兽栏里能找到一头合适年龄的家畜代替呢？在生命与忠诚的抉择中，他下决心先保住自己的命。

他来到了王后的门外，双手握拳猛地冲进房间。他直截了当地向王后说明了来意，并解释说这都是王太后的命令，他无法违抗。

"那么请动手吧。"王后说着将头颈伸向了他，"完成你的任务吧！这样我也可以再见到我的孩子们了，我可怜的孩子们啊！我多爱他们！"

两个小孩被带走时没人和她打招呼，她以为他们都死了。

"不，夫人。"可怜的厨房总管被她感动了，"您不会死的。您会看到您亲爱的孩子们，不过他们在我家，我把他们藏在那里了。至于王太后那边，我会用一头年轻的母鹿代替您。"

他随后将王后带到他的家里，王后见到了孩子们，又是吻他们，又是流泪。厨房总管接着烹饪了一头母鹿，拿去给王太后吃。王太后对这道菜非常满意，没有丝毫的疑心。她对自己的残暴行为感到满足，并准备等国王回来，就告诉他，他的妻子和孩子们都被狼吃了。

然而，一天晚上，她照常在庭院和兽栏附近转悠，寻找新鲜的兽肉吃时，听到了下层房间里传来了小白昼的声音。他闯了祸，王后正在教训他。她还听到了小晨曦为弟弟求情。怪物认出了王后和她的两个孩子的声音，为自己被骗感到愤怒至极。第二天早上，她便命人在庭院中间放了一个大桶，里面放满了蟾蜍、蝰蛇、游蛇等各种毒物。她怒气冲天吓得人直发抖。她要把王后和她的两个孩子，厨房总管和他的妻子及仆人，通通扔进桶里去，还下令将他们的手绑在背后带上来。

当所有要处决的人都被带上来，刽子手也准备好行刑时，国王出其不意地提前回来了。他坐着驿车回来，骑马进了王宫的庭院，一见眼前这可怕的情景就问这是怎么回事。而王太后因为不能够发泄心中怒火，头朝下地掉进自己准备的桶里。在场也没人敢提醒她。王太后一掉进桶里，就立刻被她自己放进去的那些毒蛇、蟾蜍等毒物吃掉了。国王对此感到非常遗憾，因为她毕竟是他的母亲。然而他很快就在他美丽的王后和可爱的孩子那里得到了慰藉。

结论——

寻找合适的配偶，
需要富裕、勇敢、可爱、温柔等特质相结合。
可能会经历漫长的等待，
就像故事中那样沉睡一百年。
等待一百年，
并等待如此安静的女人确实难得，
真正的爱情和幸福值得我们去等待和追求，
即便过程充满艰辛和挑战。

穿靴子的猫

从前，有个磨坊主在去世后，只给他的三个孩子留下了微薄的遗产：一架风车、一头驴子和一只猫。孩子们很快就自行分配了这些遗产，并没有请公证人或者代理人来帮忙。大儿子分到了风车，二儿子牵走了驴，而小儿子只分到了一只猫。小儿子对此感到非常不满。他抱怨道："我的哥哥们合伙就能有条正当的谋生路，而我呢？我只能把猫吃了，拿它的皮做个袖筒，就可以等着饿死了。"猫听到了他的话，却假装没有听到。它对主人说："您别伤心，您只要给我一个背包，再给我一双可以在荆棘丛中行走的靴子，您就会发现，您分到的遗产

并不像您想象的那么糟糕。"尽管猫的主人并不太相信它的这番话，但这只猫既灵巧又敏捷，它曾经倒挂着，或者藏在面粉里捉到过许多老鼠，因此主人还是振作起来，没有被绝望压倒。

当猫得到了它要的东西，便勇敢地穿上靴子，背上小背包，两只前爪抓着包带，走向了一片野兔出没的树林。它故意弄出些声响，打开背包，然后躺下装死。它在等待那些不知世事险恶的年轻兔子。兔子们因为好奇想看看包里有什么，就会往里钻。不一会儿，就有一只莽撞的兔子钻进它的包，聪明的猫立刻拉紧包带，迅速地杀掉了兔子。

然后，它得意洋洋地带着它的猎物走到了王宫，要求面见国王。于是，它被带到了国王的居所。在向国王行了大礼之后，它开口道："陛下，这是一只林中野兔，是卡拉巴斯侯爵（这是它为它的主人编造的头衔）差遣我给您送来的礼物。"

"回去告诉你的主人，我很喜欢他的礼物，感谢他的好意。"国王说。

又有一次，猫藏在麦田里，依旧是打开背包等待猎物。当两只鹧鸪飞进它的背包，想啄食里面的麦粒时，它迅速拉紧了包带，捉住了这两只鸟。它又像之前捉野兔那样，把这两只鹧鸪献给了国王。国王依旧高兴地收下了这份礼物，并且给了它一些赏赐。猫又如法炮制了两三回，时不时以主人的名义给国王送去一些打猎所得的野味。

有一天，猫了解到国王要带着女儿去河边散步。国王的女儿是世界上最漂亮的公主。猫就对主人说："如果您照我说的做，好运就会降临了。您去我指定的地方，跳进河里洗个澡就行了。"主人虽然不知道为什么要这样，但还是照着猫的话去做了。当他在河里洗澡的时候，国王恰好经过这里，猫便扯着嗓子大声喊道："救命啊！救命啊！卡拉巴斯侯爵先生落水啦！"听到喊声的国王从马车探出头来，认出了经常给他送野味的猫，他立刻命令卫兵们去救卡拉巴斯侯爵。

当大家去把可怜的侯爵从水里捞出来的时候，猫走近马车对国王说，它的主人下河游泳时遭遇了一伙小偷，他的衣服都被偷走了。尽管它怎么大声呼救，都无人相助。实际上，猫早就把主人的衣服藏到一块大石头的下面。国王听后，便命令管理服饰的官员给卡拉巴斯侯爵拿来一套最漂亮的衣服。国王对侯爵百般安抚，而穿上华丽衣服的侯爵更显得英俊潇洒，身材魁梧，公主因此也爱上了他。国王随即邀

32

请侯爵登上马车，与他们一同游览。

猫非常开心，因为它的计划很快就要成功了。它走在前面，遇到一群正在草地上割草的农民，就对他们说："正在割草的人们啊！如果国王问起来，你们不说这块草地属于卡拉巴斯侯爵，你们就会被剁成肉酱！"因此，当国王询问这片草地属于谁时，农民们异口同声地回答："是卡拉巴斯侯爵的！"他们被猫的威胁吓到了，只能这样说。

国王对卡拉巴斯侯爵说："您继承了不错的财产嘛！"

侯爵说道："陛下，您也看到了，这块地每年的收成都很好。"

聪明的猫总是先人一步。接下来，它遇到了一队正在收麦子的人，就对他们说："正在收麦子的人们啊！如果你们不告诉国王这些麦

子是为卡拉巴斯侯爵收割的话，你们就会被剁成肉酱！"过了一会儿，国王经过这里，想要知道这片麦田是属于谁的时。"是卡拉巴斯侯爵的！"收麦子的人们回答道。国王因此对侯爵印象更好了。猫依旧走在马车前面，并对它遇到的所有人都这样说一番话。国王因此对卡拉巴斯侯爵所拥有的财富十分震惊。

最后，聪明的猫来到了一座壮观的城堡前。这座城堡的主人是一个富有的怪兽，因为国王之前经过的土地都是城堡的外围领地。猫已经提前了解到了怪兽的特点和习性，也知道了它要做什么。于是它要求和怪兽面谈，说自己路过城堡，如果不能向城堡的主人致意将会很遗憾。怪兽很有礼貌地接待了它，并请它稍作休息。

"有人曾经告诉我，"猫说道，"您能够变成各种各样的动物，比如狮子或者大象之类的。"

"当然可以。"怪兽粗声粗气地回答道,"我给你变个狮子看看吧。"说着它就变成了一头狮子。

　　猫看着它变成狮子,吓得立刻跳到了房檐上,如果不是穿着靴子不方便,它就踩着瓦片逃跑了。过了一会儿,怪兽恢复了原貌,猫才敢从房檐上下来,并说自己刚才真的被吓到了。

　　"还有人跟我说过。"猫继续说道,"您还能变成那些特别小的动物,比如小老鼠之类的。说实话我真的不太信这个。"

　　"不相信?"怪兽说,"你看着。"

　　说着,它就变成了一只小老鼠在地板上跑来跑去。猫见状立刻扑上去,把它吃掉了。

　　就在这时,国王的马车路过怪兽这座大城堡的吊桥。他正想进去看看。猫听到马车驶过吊桥的声音,立刻跑到前面,对国王说道:"恭迎陛下驾临卡拉巴斯侯爵的城堡！"国王叫道：
"什么？侯爵先生，这城堡也是您的吗？这座
庭院和建筑简直太华美了，真是再找不出比这
更华美的城堡了！请您带我们参观一下吧！"
于是国王走在前面，侯爵牵着公主的手跟在后
面，一起走进了大厅。大厅里有怪兽为招待朋
友而事先准备好的精美食物和饮品，但它的朋
友们听说国王进了城堡，都不敢露面。

　　国王被卡拉巴斯侯爵的风度和才华所吸
引，而公主更是为他倾倒，再加上眼前所见的
巨额财富，让国王更加欣赏这位年轻人。畅饮
了五六杯酒之后，国王对侯爵说："我们就这
么说定了，你来成为我的女婿。"侯爵向国王
深深行礼，接受了这份荣耀，并在当天就与公
主举行了婚礼。

　　那只聪明的猫也成了这座城堡的新主人，

再不用忙着捉老鼠，从此，过上了自由自在的生活。

结论——

继承丰厚的遗产，
确实好处多多。
父辈的财富可以向我们传承，
可是对于普通人而言，
学会本领和手艺，
比继承财产更宝贵。

灰姑娘

　　从前，有一位绅士，在丧妻后又娶了一位妻子。这个女人极为自傲，目中无人的傲慢态度无人能及，她的两个女儿也和她如出一辙地傲慢无礼，她们各方面都很像。绅士自己的女儿，却是一个温柔善良的女孩。因为她的亲生母亲是天底下最善良的人，而她正是继承了母亲的美好品格。然而，这位继母新婚不久，便再容不下这个孩子，因为她身上的种种优点衬得自己亲生的两个女儿愈发可憎。她叫她去做最苦最累的家务活，比如洗碗、擦洗台阶，还要打扫继母和姐妹俩的房间。她睡在房子最顶上的阁楼里，里面只有一席破草垫。而她的姐妹们却住着铺有木地板的房间，床都是最时兴的式样，屋子里还有能从头照到脚的大穿衣镜。尽管如此，可怜的女孩依旧顺从地忍受着这一切，从不敢向父亲开口抱怨。她的父亲已经完全被新妻子管制起来，只会因她提出异议而责怪她。她总是在壁炉的角落里默默干活，那里落满了炉灰，所以家里人都叫她"灰土鸡"。继母最小的那个孩子没有姐姐那么刻薄，只管她叫"灰姑娘"。尽管灰姑娘穿着破烂，也比她那两个衣着光鲜的姐妹漂亮百倍。

有一天，王子宣布要举办一场舞会，并邀请所有有名望的人来参加。继母的两个女儿也被邀请参加舞会，因为她们在这个国家很有名气，她们两个自然喜不自胜，忙着挑选最合适的衣服和帽子赴宴。而灰姑娘则不得不为她们忙碌——熨烫衣服，给袖口打褶边。家里面除了穿衣打扮，再不谈别的话题。

"我呢？"大一些的女孩说，"我要穿我的那件配有英国花边的红色天鹅绒礼服！"

"那我呢？"小一些的女孩说，"我只有平时穿的衣服。不过，我可以穿上我那件带金花的外套，再戴上我最抢眼的钻石发箍。"

她们还差人去请了技艺精湛的女制帽师做了两翼张开的锥形帽，又请了高明的女手艺人在脸上做了假痣。她们要灰姑娘为她们的装束提建议，因为她有品位。灰姑娘对她们的造型提出了很多巧妙的意见，并毛遂自荐为她们打理头饰，而这正合姐妹俩之意。梳头的时候，她们就问她："灰姑娘，你想不想去舞会呀？"

"哎呀，小姐们，你们就别拿我开心了！那是我能去的吗？"

"你说得也对，要是灰土鸡都能去舞会，

42

那可真是要笑死人了！"

倘若换作别人，一定会故意把她们的头发梳得难看。但灰姑娘内心非常善良，她精心为姐妹俩梳了头。尽管姐妹俩高兴得要昏了头，但为了使身材看着更加消瘦，她们也坚持了快两天没有吃饭，甚至几乎勒断了一打束腰带。她们差不多每天站在镜子前。

终于，舞会那天到了。灰姑娘送姐妹俩出门，目光一直追随着她们的背影，直到姐妹俩的身影彻底消失，她才忍不住哭了起来。她的教母，一位善良的仙女，看到她哭得这么伤心，便问她发生了什么事。

"我好想……我真的好想……"灰姑娘哽咽着，几乎不能说出完整的句子。仙女教母问灰姑娘："你想去舞会，是不是？"

"唉，是呀！"灰姑娘叹道。

"那么，如果我能让你去舞会的话……"仙女教母说，"你会听话吗？"她领着灰姑娘来到了她的房间，对她说："你去花园里找一个南瓜给我。"灰姑娘立刻照做，她找来了一个她能找到的最好的南瓜，尽管她并不知道一个南瓜如何能帮她参加舞会。仙女教母把南瓜内部掏空，只剩下外壳。然后，她用法杖敲了一下南瓜壳，它就立刻变成了一辆漂亮的镀金马车。接着，她瞥见小捕鼠笼，发现里面还有六只活蹦乱跳的小老鼠，便让灰姑娘把笼子的门打开一点。小老鼠一只一只地溜出来，仙女教母拿法杖逐一在它们身上一点，小老鼠们随即变成了骏马。这样一来，便有了六匹带着漂亮鼠灰色斑纹的骏马拉着马车，显得十分气派。现在还缺少一名车夫。

　　"我去看看大捕鼠笼。"灰姑娘提议道，"里

45

面说不定还有大耗子，可以变成马车夫。"

"你说得对！"教母赞同道，"去看看吧！"灰姑娘拿来大捕鼠笼，里面有三只大老鼠。仙女教母看了看，选中了胡须最漂亮的那只，用法杖碰了碰它。它立刻变成了一个体态丰满的马车夫，长着一脸浓密而漂亮的大胡子。随后，仙女教母对灰姑娘说："去花园里，从水壶后面给我找六只壁虎来。"灰姑娘带着壁虎回来后，仙女教母就立刻把它们变成了六个穿着华丽的仆役。它们一变成人就迅速登上马车后部，稳稳地抓紧马车，那动作熟练得仿佛已经从事这项工作一辈子了。

"怎么样？现在你可以去舞会了，开心吗？"仙女教母转向灰姑娘问道。

"开心！"灰姑娘回答道，"但我就要穿着这身破衣服去吗？"

仙女教母再次挥动法杖，轻轻点了一下她的衣服。刹那间，破衣烂衫就变成了由金丝银线织成，点缀着宝石的华美礼服。接着，仙女教母又递给灰姑娘一双精美绝伦的玻璃鞋。一切准备就绪后，灰姑娘登上马车。这时仙女教母叮嘱她，千万不可在外逗留超过午夜十二点。因为，只要一过午夜，她的魔法就会失效——马车会变回南瓜，马匹会变回老鼠，仆从会变回壁虎，她的衣服也会恢复原样。灰姑娘向教母保证她一定会在午夜前离开舞会，然后她满怀喜悦地出发了。

人们向王子通报，说有一位陌生而美丽的公主到了。王子急忙跑去迎接，搀扶着她走下马车，并带她来到了众人聚集的大厅。大厅里原本喧嚣嘈杂，但随着她的到来，立刻变得鸦雀无声。跳舞的人们停下了舞步，乐队也停止

了奏乐，所有人都凝视着这位美丽的陌生人。唯一能听到的声音，就是人群中传来的赞叹声："啊，她多么漂亮啊！"就连年迈的老国王也忍不住多看她几眼，他还低声对王后说，他已经很久没有看到如此美丽、如此可爱的人了。所有的女士都在仔细观察她的发型和服装，心中暗自琢磨着如何效仿，只要她们能找到同样优质的布料，雇到手艺精湛的裁缝，她们恨不得明天就换上同样的装扮。王子为灰姑娘安排了最尊贵的位置，然后邀请她共舞。灰姑娘的舞姿优雅动人，让人们愈发欣赏不已。丰盛的餐食端上来，王子却无心享用，他的目光始终追随着美丽的灰姑娘。灰姑娘坐在她的两位姐妹旁边，她对她们亲切而有礼。王子送给她的橙子和柠檬，她大方地与姐妹俩分享。这让姐妹俩又惊又喜，因为这样的水果对她们来说还是第一次见到。当她们正在交谈时，灰姑娘突然听到了钟声敲响——距离午夜只差一刻钟了！于是她向众人深深行了一礼，然后飞快地离开了舞会。一回家她就立刻去见了她的教母，向她表示感谢，并告诉她自己第二天还想去舞会，因为王子也热情邀请了她。灰姑娘滔滔不绝地向教母讲述着她在舞会上的见闻，而她的两个姐妹已经在外面不耐烦地敲门了。灰姑娘跑去给她们开门："你们可算是回来了！"她对她们说着，并装出一副刚睡醒的样子，又是打哈欠，又是揉眼睛。其实自她们三个在舞会上一别之后，她一直都毫无睡意。

"要是你也去了舞会呀！"一位姐妹说道，"你就不会觉得无聊啦！来了一位超级美丽的公主，比谁都好看，对我们还特别友好！她还给我们分了橙子和柠檬呢！"

灰姑娘心中暗自得意起来，她向姐妹们询问那位公主的名字，但她们却说没人认识这位公主，甚至连王子也为此感到困扰。只要能知道这位公主的真实身份，王子愿意付出一切代价。灰姑娘微微一笑，试探地问道："那这位公主想必是美貌非凡吧？天呐，你们真是太幸运了！我能不能也去一睹芳容呢？对了，佳沃特小姐，您能不能把平时穿的那件黄色衣服借给我穿呢？"

"我怎么可能借给你！"佳沃特小姐鄙夷地说，"把我的衣服借给像你一样灰头土脸的人，我得是疯了才会这么做！"

对于这样的回答，灰姑娘并不感到意外。被拒绝反而让她更自在些，要是她的姐姐真借了衣服给她，她反而不知道要怎么办才好！

第二天，姐妹俩再次前往舞会。灰姑娘也

去了，但这次她做了更充分的准备。整个晚上，王子都如影随形地陪伴在她身边，情话绵绵说个不停。灰姑娘听得如痴如醉，竟忘记了教母的叮嘱。直到午夜的钟声敲响，她才惊觉时间已晚，还误以为刚刚十一点呢！她立刻跳了起来，像小鹿一样敏捷地逃离现场。王子紧随其后，却未能拦住她。慌乱中，灰姑娘落下的一只玻璃鞋，被王子小心翼翼地拾了起来。灰姑娘气喘吁吁地跑回家中，没有马车，没有仆从，衣衫褴褛。所有魔法的痕迹随着午夜的钟声一同消失了，唯有那只小玻璃鞋，和她丢失的那只一样，没有消失。王宫的守卫们被问及是否看到一位公主离去，他们回答说他们只看到一个穿着破衣烂衫的少女匆匆离开，并未看到别人。那个女孩看上去就是个村姑，根本不像贵族小姐。当姐妹俩从舞会回来时，灰姑娘又问

她们是否玩得尽兴，以及那位美丽的公主是否再次出席。姐妹俩回答说公主确实去了，但是午夜一到，她就匆忙离去，连鞋子都掉了一只。那只鞋子是玻璃制成的，小巧玲珑，是难得一见的精品。她们还说王子拾起了那只鞋子，并在舞会的后半段一直凝视着那只鞋，显然他一定是爱上了那只鞋子的主人。她们说得没错，因为就在几天后，王子就大张旗鼓地宣布：只要有人能穿上这只鞋并且合脚，他将娶她为妻。

试鞋的仪式随即开始，从公主们开始，再到女公爵们，最后到宫廷里的其他贵族女性。然而，令人遗憾的是，没有一个人能穿上这只鞋子。当轮到灰姑娘的两个姐妹试鞋时，她们竭尽全力也不能穿进去。灰姑娘在一边看着，认出了自己的玻璃鞋，便笑着说："让我也试试吧！"她的请求立刻引来了姐妹俩的讥笑。

然而，主持试鞋的官员注意到了灰姑娘的美丽，便把鞋子递到了她的脚边。灰姑娘轻而易举地将脚穿进了鞋子，鞋子与她的脚完美契合。姐妹俩看到这一幕，惊讶不已，而当灰姑娘从口袋里拿出另一只鞋子穿在脚上时，她们更是惊愕得说不出话来。就在这时，仙女教母现身，她用法杖在灰姑娘的衣服上轻轻一点，那件破旧的衣服瞬间变成了华美无比的锦绣礼服。

这时，她的两位姐妹才恍然大悟，原来她就是舞会上那位美丽的公主！她们羞愧地跪在灰姑娘的脚下，请求灰姑娘宽恕她们过去的刻薄行为。灰姑娘扶起她们，并拥抱了她们，她真诚地原谅了她们，并且请她们永远爱她。随后，她被带到王子的面前，身穿华服的她在王子眼中更美了。不久后，王子与灰姑娘举行了盛大的婚礼。灰姑娘人美心善，允许她的姐妹们住在王宫里，并且在婚礼的同一天为他们安排了与两位有名望的贵族的婚礼。

结论——

对于女人而言，美丽是罕见的珍宝，
人们热衷于欣赏美丽，从不厌倦。
然而，我们所说的美德，
是不能用金钱衡量的，它是更加珍贵的东西。
仙女教母对灰姑娘的帮助，
有物质的帮扶，也有心灵的教导，
足够让她胜任王后的位置。
心灵之美比外在之美更重要，
可以真正赢得一个人的心，并与之永不分离。
仙女教母的真正馈赠是无形的美德，
失去美德，所求皆空；拥有美德，万事皆成。

仙女们

从前有一位先生，他拥有一位善良温柔的妻子，然而妻子离世后，只给他留下一个女儿。这个女儿继承了她母亲的温柔与善良。不久后，这位先生又娶了一位新的妻子，那是个既傲慢又讨人嫌的女人。这个女人带着的女儿和她一样的脾气，不仅长相丑陋，还整天摆着一副冷脸，全然不似前妻所生的美丽乖巧的女儿。这个新妻子对自己的女儿宠爱有加，却对丈夫的女儿充满了敌意。她将这个可怜的女孩当作仆人对待，让她在厨房里用餐，并承担所有繁重且肮脏的家务。她自己亲生的女儿则过着悠闲的生活，晚饭后不是在别人家玩，就是在家里接待客人。而她可怜的姐妹则必须每天两次前往离家很远的一眼清泉取水。

有一天，这位美丽的少女在泉边取水时，遇到一位老妇人向她讨水喝。"当然可以，老妈妈。"少女温柔地回应着，并仔细洗净自己的水壶。她特意选取了泉水最干净清冽的一处，盛满了水交给老妇人，还细心地扶着水壶，以方便老妇人饮用。老妇人喝完水后，感激地对她说："你真是个好孩子，人不仅美丽，还这么善良，我必须要赐予你祝福。"（事实上，老妇人是位仙女，她化身成老妇人的样子，正是为了试探这位少女究竟能有多善良。）"我赐予你祝福。"仙女继续说道，"祝福你每次开口说话，嘴里就能吐出一朵花和一块宝石。"

当这位美丽的少女回到家时，她的继母因她晚归而大发雷霆，对她进行了严厉的斥责。

"请您原谅我，太太。"可怜的少女恳求道，"我回来这么晚，真的很抱歉。"就在她说完这两句话的瞬间，嘴里竟吐出了两朵玫瑰花，两颗硕大的珍珠和两颗大钻石。

"我看到了什么！"继母惊愕地喊道，"老天爷真是开眼了！她说句话嘴里都能吐出珍珠和钻石来！女儿啊（这还是她第一次称呼她为女儿），这是怎么回事？"可怜的女孩一脸天真，把事情的经过原原本本讲述了一遍。随着她说话，嘴里不断吐出大量的珍珠、钻石、红宝石、黄晶和其他宝石。"天呐！"继母说道，"我得让我女儿也去一趟！芳松，快过来！看看你姐妹说话就能吐出宝石呢！你也去做同样的事，不也轻而易举吗？你只要去泉边打桶水，当一个穷老太太问你要水喝时，你就好心地给她水就行了。"

"我可不信。"那位蛮横的女儿回答道,"拎着或者顶着水桶去泉边就能行?我可不信。"

"你必须得去!"母亲严厉地命令道,"立刻就出发。"

于是,她不情愿地出发了,带着家里最漂亮的一个银水瓶,但一路上都在抱怨着。

她到达泉边不久,就看到一位衣着华丽的贵妇从树林里走出来,向她请求一点水喝。这位贵妇正是之前她的姐妹遇到的那位扮成穷苦妇人的仙女,这次她扮成了贵妇的模样,为的是看看这个女孩子到底有多蛮横。然而,这个女孩没有认出她就是那位仙女,于是毫不客气地开口说道:"我难道是来这里伺候你喝水的吗?我带了个银瓶子,就得给你这位夫人打水?告诉你,如果你要想喝水,就自己在这里喝吧。"

"小姐，您真是太不善良了。"仙女叹息道。

"我就是这样的人。"蛮横的女孩不屑地回答道，"轮不到你来教训我。"

仙女并没有生气，平静地回复说："那么，小姐，既然你如此不懂得体谅他人，我也会给你相应的魔法作为回应（因为仙女总是根据每个人的品质来对待他们），从今以后，你每说一句话，嘴里就会吐出一条蛇、一只青蛙或者蛤蟆。"

她的母亲第一个看到她从泉水边回来，便急切地跑到女儿面前，想要看看她是否同她的姐妹一样幸运。"女儿啊！"她激动地朝她喊道。"啊！妈妈！"蛮横的女孩刚一张嘴，两条蛇和两只蛤蟆就从她的嘴里吐了出来，"打发我跑远真的有必要吗？"说着她又吐出两条蛇和两只蛤蟆。

"我的天呐！"母亲惊呼道，"这是怎么回事啊？一定都是你那个可恶的姐妹搞的鬼！我会让她为此付出代价的！"说着她就愤怒地冲向继女，想要动手打她。可怜的女孩吓得连忙逃出了家门，径直逃进了附近的森林里。她躲在一棵大树下伤心地哭起来。这时，一位王子正在林中打猎，不小心和随从走散了。他偶然间瞥见了正在哭泣的少女，觉得她非常美丽，便问她为什么哭，为何看起来如此悲伤。"唉！先生！"女孩叹息道，因为她不知道面前的人就是王子，"我命运多舛，被继母赶出了家门。"说话间，她的嘴里吐出了五六颗珍珠和同样多的钻石，王子看到这一幕，惊讶不已。他请求女孩告诉他，她是如何拥有这种令人难以置信的魔力的。她将自己的经历一五一十地告诉了王子。王子本就对她一见钟情，又想到她拥有的这种神奇能力比任何嫁妆都更加珍贵，便把她带回了他父亲的宫殿，在那里和她喜结连理。

至于她那个蛮横无理的姐妹，她因为每说一句话就会有毒兽从她嘴里吐出来，样子实在可怕，令人避之不及。就连她的亲生母亲也无法忍受，最终将她赶出了家门。这个不幸的女孩四处流浪，没有一个人愿意收留她。最后，据说她孤独地死在了小树丛旁，结束了悲惨的一生。

结论——

钻石璀璨夺目，手枪威力巨大，
它们都能在一定程度上影响人心。
然而，温柔的话语，
比它们都更加强大，更加宝贵，
因为温柔的话语能够触动人心最柔软的地方，
让人感受到爱与关怀的力量。

小红帽

　　从前，有一个小姑娘，她长得很漂亮，是村子里最出众的姑娘。她的妈妈十分宠爱她，她的外婆更是将她视为掌上明珠。外婆特意给她做了一顶红色的小兜帽。她戴上非常合适，因此，大家都亲切地称她为"小红帽"。

　　有一天，小红帽的妈妈做了香甜的糕饼，把小红帽叫到身边："你去看看外婆的身体怎么样了，我听说她病了。你把这些糕饼和这一小罐黄油带给她。"小红帽听后，立刻启程，踏上了前往村子另一头的外婆家的路。当她穿过树林的时候，遇到了她的"同伴"———一只狼。狼虽然很想吃掉她，但因为惧怕树林里的伐木

工而犹豫不决。它狡猾地询问小红帽要去哪儿。天真的小红帽不知道与狼讲话的危险性，便告诉它："我要去看望我的外婆。妈妈嘱咐我将这些美味的糕饼和一小罐黄油送给她。"

"她住哪里呀？"狼好奇地问道。

"她住在磨坊那边。"小红帽回答道，"你看就在那里，村口第一间屋子就是她的家。"

"如此这般。"狼提议道，"我也想去看望外婆。我走这条路，你走那条路，看看我们谁先到。"

狼选了最近的那条路，用尽全力奔跑。而小红帽却选了最远的路，还一边走一边玩耍。她采集榛子，追逐蝴蝶，还摘花朵做花环。

很快，狼就来到了外婆家门口。它敲了敲门："咚！咚！咚！"

"是谁呀？"

"是您的外孙女小红帽呀！"狼捏着嗓子模仿小红帽的声音回答道，"妈妈特意给您做了可口的糕饼，还有一小罐黄油，要我给您带过来。"

外婆因身体不适而一直卧床休息，她提高嗓门说道："你拉开栓子，门闩就会掉下来了。"狼拉开栓子，门就打开了。它凶猛地扑向老妇人，一口把她吞了下去，因为它已经好几天没吃东西了。随后，大灰狼又关上门，躺在外婆的床上，等待小红帽上门。过了一会儿，它就听到了敲门声："咚！咚！"

"是谁呀？"

起初，小红帽被狼那粗犷的声音吓了一跳，甚至还有些害怕。但她转念一想，外婆毕竟年事已高且还生病了，便回答道："我是您的外孙女小红帽呀！妈妈特意为您做了糕饼，还有

一小罐黄油，嘱咐我给您送过来。"狼再次掐着嗓子喊道："你拉开栓子，门闩就掉下来了。"

小红帽依言拉开栓子，门随之打开。狼看到小红帽走进门，便用被子将自己捂得严严实实，说道："把糕饼和黄油罐放在大木箱子上，然后过来躺到我的身边。"小红帽便顺从地脱掉衣服，穿着睡衣躺到了大灰狼的身边。她这才察觉她的外婆看上去与以往大不相同！她好奇地问道：

"外婆，您的胳膊怎么这么粗壮呀？"

"这是为了更好地拥抱你呀，我的宝贝。"

"外婆，您的双腿为何如此壮呀？"

"这是为了奔跑得更快呀，我的宝贝。"

"外婆，您的耳朵怎么这么大呀？"

"这是为了听得更清楚呀，我的宝贝。"

"外婆，您的眼睛怎么睁得如此大呀？"

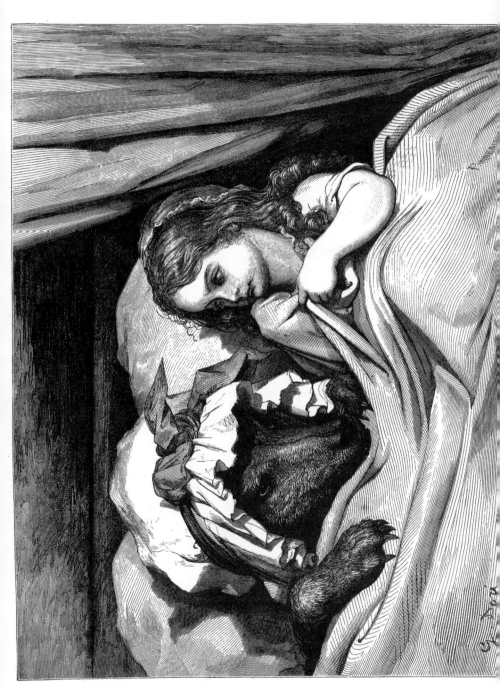

"这是为了看得更清楚呀，我的宝贝。"

"外婆，您的牙齿怎么这么锋利呀？"

"这是为了吃你呀！"（作者注：读到这里的时候，一定要声音越来越大，以营造紧张的气氛，让孩子仿佛身临其境。）

说完，狼便扑向小红帽，将可怜的小红帽吞到了肚子里。

结论——

小红帽的故事告诉我们，对于纯真无邪的孩子们，
尤其是那些美丽、温婉，总是轻信于人的年轻姑
娘们，
若是缺乏足够的警惕性和判断力，
便会很容易陷入危险中。
狼，作为一种狡猾且善于伪装的动物，
常常能够洞悉人心，巧妙地讨好他人。
它们从不聒噪、不怨恨、不暴怒，
相反地，它们总是表现得殷勤而又温柔。
然而，正是这些看似温柔的狼，
才是最危险的存在！
因此，我们必须时刻保持警惕，学会保护自己。

小凤头里凯

　　曾经，有一位王后生下了一个儿子。那个孩子的相貌非同寻常，很长一段时间里人们都琢磨不透他究竟是否属于人类。在他诞生时，一位仙女现身并预言：尽管这孩子长相不讨喜，但他长大之后将拥有卓越的才智。仙女还赐予他一项特殊的能力，即他将来可以把自己最爱的人变得和他一样聪明。这一番话宽慰了心情沉重的王后，之前她因为生下这么个奇特外貌的孩子而大受打击。确实，这孩子很快就能开口说话了，并且那张小嘴非常甜。不论做起什么，他的行为举止总是透露着一股子灵气，深受人们喜爱。哦，我还忘记说了，他在出生时，头顶有一撮卷发，因此得名"小凤头里凯"，"里凯"是他的姓氏。

大约又过了七八年，另一个王国的王后生下了两位公主。大公主的美貌比阳光还耀眼，王后因此欣喜若狂，人们不禁为她担心，因为过度的喜悦往往暗藏隐患。在里凯出生时现身的仙女此时再次现身。为了不让王后因过度欢喜而失态，她告诫王后，这位公主长大后会变得非常愚笨，她将来的容貌有多美，头脑就会有多笨。王后闻言难受坏了，可不一会儿她才发现，更令她难以接受的还在后面——她的小女儿的相貌极为丑陋。

"夫人，您也别太伤心。"仙女安慰道，"您的小女儿会得到其他福气的补偿——她长大后会拥有非凡的智慧，她的才智完全可以弥补容貌上的缺憾。"

"上帝保佑！"王后说道，"难道就没有办法能让我的大女儿聪明些吗？她明明这么漂亮！"

"夫人，智力这部分，我也无能为力。"仙女坦言，"但我可以增强她的美貌，让您满意。我将赐予她一项特殊的能力——她可以把自己喜欢的人也变得漂亮。"

随着两位公主一天天地长大，她们身上的优点也愈发凸显。人们传颂大公主美貌如花，小公主机智过人。而她们二人的缺点也随着年龄增长而愈发明显。小公主的相貌日渐丑陋，而大公主的智力则每况愈下——她常常对别人的提问无言以对，要么就只会说些蠢话。除此之外，她还总是笨手笨脚的，例如叫她在炉台上摆放四件瓷器，她准得打碎一个，甚至喝水时，都能洒一半在衣服上。诚然，美貌对年轻人来说是一种资本，但是聪慧的小公主存在感却比她的姐姐强得多。人们起初或许被大公主的美貌所吸引，都围着漂亮的大公主，但不久后都为小公主的智慧所折服，纷纷抛下了大公主，转而围在小公主身边。大公主即便再愚蠢也能意识到这一点，她宁愿舍弃自己全部的美貌来换妹妹一半的智慧。而贤淑的王后，也因为大公主的愚蠢而多次责备她，这让可怜的公主更加伤心了。

有一天，大公主正在树林里哀叹自己的不幸，突然，一个长相丑陋却穿着考究的矮个子男人朝她走来。这个男人正是年轻的王子——小凤头里凯。大公主的画像传遍了各地，里凯也曾看过，并对她一见钟情。他离开了父亲的王国，只为见她一面，和她说说话。此刻，他单独见到了她，内心无比喜悦，他满怀敬意地接近她，礼仪周全地向她致敬。他对她讲了一些恭维的话，察觉她十分忧郁，就问她：

"女士，我不明白，像您这样的美人怎能如此忧愁。不谦虚地说，我见过成百上千的美貌女子，但没有一个能和您相提并论。"

"先生，您真会说话。"公主回应道，依然站在那里。

"美是一种强大的力量，应当能替代所有。"小凤头里凯继续说道，"当人们拥有了美，就没有什么能够再削弱他们的了。"

"我倒是宁愿像您一样丑陋，但又和您一样聪明。"公主坦言，"而不是像现在这样，漂亮却愚蠢。"

"女士，人们往往只能看出来谁缺乏智慧，却看不出谁拥有智慧。而对于真正有智慧的人来说，他们又总觉得自己的智慧还不够。"

"这我倒还真不清楚。"公主说道，"但是我知道自己特别愚蠢，我也正是因为这个才难过。"

"如果您因为这个而伤心，女士，我或许能帮您解决问题。"

"您能怎么做呢？"公主好奇地问。

"女士，我拥有一种能力。"小凤头里凯说，"我可以让我最爱的人变得和我一样聪明。而您正是我最爱的人，只要您愿意嫁给我，我就可以让您变得极其聪慧。"

公主惊愕不已，一时语塞。

"我明白这个提议让您感到困惑。"小凤头里凯说，"我并不感到惊讶。我给您一年的时间来考虑。"

公主渴望变得聪明，又愚蠢至极，她甚至

以为一年的时间根本不会结束，便同意了这个提议。她很快便答应了小凤头里凯，并同意在一年后的同一天嫁给他。之后，她立刻感觉自己焕然一新，变得和之前不一样了。她发现自己不仅能够轻而易举地说出他爱听的话，而且语言优雅精致，语气活泼自然。自此，公主开始与小凤头里凯高雅且富有智慧地谈天说地，语言间的才智直叫小凤头里凯怀疑自己是不是把全部智慧毫无保留地赋予了她。

公主回到王宫之后，宫廷上下都为她的骤然巨变感到震惊。那些曾经传说她言行无状的人们，如今都称赞她聪敏过人。宫内众人对此惊喜交加，只有小公主一人郁郁寡欢，因为她不能再在才智上超越姐姐，相形之下，更显出她的容貌分外丑陋。国王也认同小公主的观点，甚至偶尔在大公主的住所处理政务。大公主的变化很快传遍了邻国，邻国的年轻王子们纷纷前来追求她，向她求婚。可是她觉得他们都不够聪明。她听了他们恭维的话，却并不动心应允任何人。这时又来了一位追求者，他身强体壮、腰缠万贯、才智过人、气宇轩昂，公主见了不由得心生好感。她的父亲也看出了这一点，便让女儿为自己的婚事作主，只要拿定主意告诉大家就好了。可是越是聪明的人，越会在这种事上游移不定，于是她在谢过父亲之后，请求给她一段时间好好考虑。

　　她在曾经偶遇小凤头里凯的那片树林里散步，以便自己思考要怎么做。她一边散步，一边沉思，突然听到脚下一阵异响，就好像人群熙熙攘攘。她又竖起耳朵听了听，似乎听到了有人说"把那只锅子给我拿来"，又有人说"把锅炉给我"，还有人说"再往火里添点柴"。

这时，大地裂开了一个大洞，她看到脚下露出一处像大厨房的地方，里面人头攒动：厨师、帮厨和负责组织宴会的官员们忙得不亦乐乎。从大洞里走出一队二三十人的烤肉师傅，他们坐在林荫道里一条长长的桌子两侧，每人手里拿着烤肉扦子，穿孔刀别在耳朵上，伴随着一首悦耳歌曲的节奏干活。公主惊讶地看着面前的场景，询问他们是在为谁工作。

"女士。"其中最显眼的一位烤肉师傅回答，"我们在为小凤头里凯王子工作，他明天就要举办婚礼了。"

公主听了惊愕不已，突然想起来就在一年前的同一天，她曾许诺嫁给小凤头里凯王子。这件事完全出乎她的意料，她之所以忘了这个承诺，是因为她做出承诺时还是那个愚蠢的她，而在自从获得王子赠予的智慧后，她就把从前做过的蠢事忘得一干二净。她继续前行了不到三十步，便看到小凤头里凯本人出现在她面前。他气质英武，穿着华贵，宛如一位即将步入婚礼殿堂的王子。

"女士，您看。"他说，"我信守承诺，分毫不差。我相信您来此也是为了履行您的承诺，将您自己托付给我，让我成为世界上最幸福的人。"

"我得和您坦白。"公主说，"我还没想好呢，而且我想我大概无法实现您的愿望了。"

"您的话让我吃惊，女士。"小凤头里凯说。

"我确信。"公主继续说，"我十分确信，如果我要和一个粗鄙、愚昧的人在一起，对我而言将是无法忍受的。他会指责我：'公主应当言而有信，您当初答应了，就必须嫁给我。'可是我正在和天下最聪明的男人交谈，我相信他一定也是通情达理之人。您知道吗，在我愚昧无知的时候，尚且不能下定决心嫁给您。如今我拥有了您赠予我的智慧，我的心态与过去早已截然不同，您又怎么会确信，认为我能放弃先前的犹豫，下定决心选择您呢？如果您真想要娶我，当初就不应该改变那个愚蠢的我，让我变得如此清醒。"

"如果一个愚昧且不讲理的男人都能如您刚才所说，为您的失信指责您。"小凤头里凯反驳道，"女士，那我为什么要在涉及我人生幸福的大事上做出其他的选择呢？难道不讲理的人反倒比讲理的人更幸福吗？您曾经那么想拥有智慧，如今已经拥有了超越常人的智慧，难道您真的这么想吗？请您告诉我实话：除了我相貌丑陋之外，您还有哪里对我不满意？是我的出身、内在品质、气质，还是行为举止？"

"我没有任何不满。"公主回答，"您刚刚提到的那几点我都很欣赏。"

"如果是这样的话。"小凤头里凯说，"我会感到非常幸福，因为您可以让我成为世界上最受欢迎的男人。"

"这要怎么实现呢？"公主好奇地问他。

"心诚则灵。"小凤头里凯说，"如果您足够爱我，真心希望实现这个愿望。女士，为了防止您产生疑虑，我跟您说一个秘密。在我出生时，有位仙女曾为我赐福，让我可以把我爱的人变得和我一样聪明。同样地，这位仙女也在您出生时为您赐福，让您有能力将您喜欢的并期待改变的人变得美丽动人。"

"如果真是这样的话。"公主充满期待地说，"我真心祝愿您变成最英俊、最讨人喜欢的王子。我祝愿您的美貌不在我之下。"

公主话音刚落，小凤头里凯便瞬间变成了她眼中最英俊、最有风度的男人，无人能及。

有些人认为这并非仙女的魔法所为，而是爱情的魔力。他们说公主已经被王子坚忍不拔、谨慎低调等优秀的精神品质吸引，以至于她看不到他躯体的缺陷、面容的丑陋。他的驼背在她看来不过是行礼时弓起背的谦逊；他蹒跚的脚步，她也不再觉得难堪，反倒觉得那摇摇晃晃的步态别具一格；他浑浊不清的眼睛在她看来最是闪亮，涣散的目光在她的心中闪烁着爱的光芒；而他硕大的红鼻子，则彰显出英勇的男子气概。总之，公主毫不犹豫地同意了这门婚事，只等待得到她父亲的认可后嫁给他。国王知道女儿十分爱小凤头里凯，也知道小凤头里凯机敏、智慧的名声。他欣然接受了这个女婿。第二天，他们就按照之前的计划，举办了盛大的婚礼，一切正如小凤头里凯所期待的那样完美。

结论——

这篇故事所蕴含的道理，
远比故事本身更加深刻。
在我们深爱的人身上，我们总能发现美，
我们所爱之人，总有超越常人的魅力。

在某个东西上，
自然所赋予的美丽线条和斑斓色彩，
为艺术所不能及。
可拥有这些也未必能打动人心，
唯有真挚的爱，
才能发现那隐藏在内心深处的魅力！